どろろん ようかいの森

お年玉だいさくせん!

作 南田幹太　絵 広瀬克也

ようかいの森《もり》の　ちょっと　はずれた　ところには、
木《き》で　できた　大《おお》きな　たてものが　あります。
ようかいの　子《こ》どもが　通《かよ》う　小学校《しょうがっこう》です。
校門《こうもん》から　三人《さんにん》の　子《こ》どもが　はじけるように
とびだしてきました。

あかるく
あやしく
元気に
すごそう

「やったー。冬休《ふゆやす》みだ」

おにの　子《こ》どもが　かた手《て》を　つき上《あ》げて、ぴょーんと
ジャンプしました。虎丸《とらまる》です。

「なあ。うちに　来《き》て　あそぼーぜ」

そういったのは、てんぐの　子《こ》どもの　風《かぜ》の坊《ぼう》です。

「じゃあ。すもうを　とるだっぱ」

カッパの　小助《こすけ》が　いいました。

「よし。やるかー」

子《こ》どもたちは　走《はし》りだしました。

てんぐの　家《いえ》は　ようかいの森《もり》の　まん中《なか》　あたりに
あります。古《ふる》い　りっぱな　家《いえ》で、まわりは　広《ひろ》い
にわで　かこまれています。

小助《こすけ》が　木《き》のえだで、土《つち》の　上《うえ》に　丸《まる》を　かきました。
いつのまにか　三人《さんにん》は　まわしを　つけています。

まずは、風《かぜ》の坊《ぼう》と　虎丸《とらまる》が　すもうを　とりました。
とてもよい　しょうぶでしたが、さいごは　風《かぜ》の坊《ぼう》が
虎丸《とらまる》を　なげとばしました。

「よし。つぎは　オラだっぱ」
こんどは　風《かぜ》の坊《ぼう》と　小助《こすけ》が　見合《みあ》います。
「はっけよーい、のこった」
ふたりは　ガツンと　ぶつかりましたが、からだの小《ちい》さな　小助《こすけ》は　あっというまに　どひょうまでおいつめられました。大《おお》きな　風《かぜ》の坊《ぼう》を　ささえて、小助《こすけ》の　からだが　ゆみなりになりました。
ところが、そこから　小助《こすけ》は　ねばります。
そして　ついに、うっちゃりを　はなちました。

やったー！

小助《こすけ》が　ガッツポーズを　きめました。風《かぜ》の坊《ぼう》は
くやしそうな　顔《かお》をしています。
それから　三人《さんにん》は　こうたいで　何番《なんばん》も　すもうを
とりました。虎丸《とらまる》と　風《かぜ》の坊《ぼう》は　かったり　まけたり
しました。小助《こすけ》は　ほとんど　かちました。
カッパというのは　むかしから　おすもうが　大《だい》すきで、
とても　強《つよ》いのです。だから　小助《こすけ》は　すぐに
おすもうを　とりたがるのです。でも　あまり　かてない
風《かぜ》の坊《ぼう》と　虎丸《とらまる》は　おもしろくありません。

「なあ。すもうは　やめて、ゲームをしないか。もってきてるんだろ」
風《かぜ》の坊《ぼう》が　いいました。虎丸《とらまる》は　ランドセルから
ゲーム機《き》を　とりだしました。
「おらは、えーと。まだ」
じつは　小助《こすけ》だけは　ゲーム機《き》を　もっていません。
本当《ほんとう》は、そんなことは　風《かぜ》の坊《ぼう》は　知《し》っているのですが、
すもうに　まけてばかりで、ちょっと　いじわるな
気《き》もちに　なっているのです。

「えー。まだもってないの。いつ買《か》ってもらえるんだよ」
虎丸《とらまる》も　やっぱり　すこし　いじわるな　顔《かお》で
ききました。
「それは……」
小助《こすけ》は　本当《ほんとう》は　あてもないのに、てきとうな　ことを
いいました。
「たぶん　お正月《しょうがつ》ぐらい」
それから　小助《こすけ》は　ふたりが　ゲームをするのを
見《み》ていました。

しばらくすると、ひとりで　先《さき》に　家《いえ》へ　帰《かえ》りました。

小助《こすけ》の　家《いえ》は　池《いけ》の　ほとりに　たつ
ほったて小屋《ごや》です。
小助《こすけ》が　家《いえ》に　入《はい》ると、かぞくは　だれも
いませんでした。こっそり　かくしてあった　あきかんを
あけました。
「はあ。ぜんぜん　たりない」
そのとき　ガタンという　音《おと》がしました。びっくりして
ふりむくと、兄《にい》ちゃんの　大助《だいすけ》が　立《た》っています。
「なんだ。三百《さんびゃく》ドロロンしか　もってないのか」

100
ドロロン
100
ドロロン
100
ドロロン

ようかいの森《もり》で　つかわれる　お金《かね》は　○○ドロロンと
かぞえます。人間《にんげん》の　せかいで　○○円《えん》と　いうのと
同《おな》じです。
風《かぜ》の坊《ぼう》たちが　もっている　ゲーム機《き》は
一万《いちまん》ドロロンもします。
「見《み》るなよー」
小助《こすけ》は　あわてて　あきかんの　ふたを　しめました。
「おれなんか、こんなに　もってるんだっぱ」
大助《だいすけ》は　家《いえ》の　すみに　おいてある　古《ふる》い　つぼを

もちだして、さかさまにしました。

「一万《いちまん》五《ご》千《せん》ドロロンだ」

「すっげー」

小助《こすけ》は　しゃがみこんで、お金《かね》を　見《み》ました。

「兄《にい》ちゃん。なんで　こんなに　もってるの」

「おれは　おまえみたいに、むだづかいしないからな」

そうです。小助《こすけ》は　おかしやら　おもちゃやら、
ほしくなると　すぐに　買《か》ってしまいます。

でも　大助《だいすけ》は　けんやくかです。

「三万《さんまん》ドロロンためて、パソコンを　買《か》うんだっぱ」
ようかいの森《もり》でも　さいきんは　インターネットが
つかえるようになり、パソコンを　もってる
ようかいが　ふえているのです。

「だけど、いつになったら　三万《さんまん》ドロロンも　たまるんだよ」
「らい年《ねん》。おそくても　さらい年《ねん》には　買《か》うつもりだっぱ」
小助《こすけ》たちの　お年玉《としだま》は　二千《にせん》ドロロンです。一年《いちねん》や　二年《にねん》で、そんな　お金《かね》が　たまるわけありません。

「へ～え」
小助《こすけ》の　こばかにしたような　たいどに、大助《だいすけ》は
むっとして　いいました。
「毎月《まいつき》の　こづかいも　あるし。それに　この前《まえ》の
正月《しょうがつ》から　おれ、四千《よんせん》ドロロン　もらってるんだ」

「はあああ、なにそれ」

あまりの　ショックに　小助《こすけ》は　立《た》ち上《あ》がりました。

そして、外《そと》に　とびだしたのでした。

小助《こすけ》は　池《いけ》の　中《なか》を　およぎまわりました。
そうでもしないと、頭《あたま》から　ゆげが　出《で》そうなほど
頭《あたま》に　きているのです。

（なんで　おれが　二千《にせん》ドロロンで、兄《にい》ちゃんは
四千《よんせん》ドロロンなんだよ。それに　風《かぜ》の坊《ぼう》や　虎丸《とらまる》は　親《おや》に
ゲーム機《き》を　買《か》ってもらったんだ。おれだけが
そんばかりしてる）
小助《こすけ》は　池《いけ》から　川《かわ》に　でました。それでも、ぐんぐん
ぐんぐん　およぎつづけます。そのあいだ、小助《こすけ》は
風《かぜ》の坊《ぼう》たちの　ことを　思《おも》いだしていました。
（正月《しょうがつ》ごろには　なんとかしなくちゃ）
およぎが　とくいな　カッパの　小助《こすけ》も、さすがに

つかれてきました。川《かわ》から
上《あ》がり、岩《いわ》の　上《うえ》で
大《だい》の字《じ》になりました。
「お正月《しょうがつ》、お正月《しょうがつ》」
小助《こすけ》は　ひとりごとを
いいつづけました。すると、
「そうだっぱ！」
小助《こすけ》は　すごい　さくせんを
思《おも》いついたのでした。

つぎの日《ひ》は、冬《ふゆ》やすみです。小学校《しょうがっこう》に行《い》かなくてよいので　ふだんは　ねぼうする　小助《こすけ》ですが、その日《ひ》は　いつもと　同《おな》じ　時間《じかん》に　おきました。かぞくで　朝《あさ》ごはんを　食《た》べおえると、父《とう》ちゃんが家《いえ》を　でました。あわてて　小助《こすけ》は　ついていきます。小助《こすけ》が　父《とう》ちゃんの　後《うし》ろを　およいでいると、なぜか大助《だいすけ》も　後《うし》ろに　います。

それから　小助《こすけ》は　父《とう》ちゃんと、　それと　大助《だいすけ》と　いっしょに　魚《さかな》を　とりました。　本当《ほんとう》は　父《とう》ちゃんの　てつだいを　ひとりで　したかったのですが、　しかたありません。
三人《さんにん》は　たくさんの　魚《さかな》を　とりました。

父《とう》ちゃんの　てつだいを　おえた　あとも、小助《こすけ》は
休《やす》みません。すぐに　歩《ある》きだしました。そしたら、
また　大助《だいすけ》が　ついてきます。
しばらくすると、しゃみせんの　音《おと》が　中《なか》から
聞《き》こえる　家《いえ》に　つきました。
「こんにちは」
小助《こすけ》は　げんかんを　かってに　あけると、家《いえ》の　中《なか》に
入《はい》りました。

「あら、めずらしい。カッパの
ぼうやが　おそろいで」
しゃみせんを　ひいていた
女《おんな》の人《ひと》が　いいました。
「おかたを　おもみします」
「へーえ。なんだか、
きみがわるいねえ。
でも　こってるから、
たのんじゃおうかしら」

小助《こすけ》は　女《おんな》の人《ひと》の　せなかに　まわると、かたを
もみはじめました。
「あー、きもちいい」
女《おんな》の人《ひと》の　首《くび》が　にょろ～っと　のびていきます。
そう、この　女《おんな》の人《ひと》は　ろくろ首《くび》です。
それから　小助《こすけ》は　しばらく　ろくろ首《くび》の　かたを
もみました。大助《だいすけ》は　うでを　もみました。

その日《ひ》から、小助《こすけ》は
いろいろな　ようかいの
家《いえ》で　おてつだいをしました。
雪女《ゆきおんな》の　家《いえ》では、にわの
そうじをしました。
よろこんだ　雪女《ゆきおんな》に
だきつかれて、小助《こすけ》は
こおりそうになったので、
あわてて　にげました。

のっぺらぼうの　家《いえ》では
おてつだいの　あと、
おくさんの　顔《かお》に
サービスで　目《め》や　口《くち》や
はなを　かいてあげたら、
すごく
よろこばれました。

一《ひと》つ目《め》にゅうどうの
家《いえ》では　おてつだいの
あと、また　よろこんで
もらえるのではないかと
思《おも》い、もうひとつ　目《め》だまを
かいてあげました。
こんどは、めちゃくちゃ
おこられました。

そんなとき、　いつも
大助《だいすけ》が　いっしょでした。
さいしょは　いやでしたが、
たくさんの　家《いえ》を
まわるうちに　ひとりよりも
ふたりのほうが　楽《たの》しい
ことが　わかりました。
だから　そのうち、　いっしょに
家《いえ》を　でるようになりました。

ついに　お正月《しょうがつ》の　朝《あさ》が　きました。

「あけまして　おめでとうございます」

大助《だいすけ》が　父《とう》ちゃんと　母《かあ》ちゃんに　あいさつを

しました。あわてて　小助《こすけ》も　おめでとうを　いいました。

「うむ、おめでとう」

さあ、いよいよ　お年玉《としだま》が　もらえます。あれだけ

おてつだいを　したのですから、きっと

五千《ごせん》ドロロンぐらいは　もらえるはずです。

「まずは　兄《にい》ちゃんからだ」

お年玉
しあわせ

大助《だいすけ》が　お年玉《としだま》ぶくろを　うけとりました。でも
大助《だいすけ》は「ありがとうございます」といっただけで、
ふくろを　あけません。
「つぎは　小助《こすけ》だ」
小助《こすけ》は　なにも　いわずに、すぐに　お年玉《としだま》ぶくろを
あけました。
「ええええ。なんで～」
小助《こすけ》の　お年玉《としだま》ぶくろには、きょ年《ねん》と　同《おな》じ
二千《にせん》ドロロンしか　入《はい》っていません。

1000ドロロン
1000ドロロン
お年玉

「なぁ、兄《にい》ちゃんは」

ふだんは　みんなの　前《まえ》では　お年玉《としだま》ぶくろを
あけない　大助《だいすけ》ですが、お金《かね》を　出《だ》しました。大助《だいすけ》の
手《て》には　四千《よんせん》ドロロンあります。

「父《とう》ちゃん。なんで　兄《にい》ちゃんのほうが　多《おお》いんだよ。
それに、おれ　おてつだいもしたのに」

父《とう》ちゃんの　顔《かお》が　こわくなりました。

「おれいも　いわずに　もんくを　いうなら、お年玉《としだま》を
かえしてもらっても　いいんだぞ」

本当《ほんとう》は　いいかえしたかったのですが、小助《こすけ》は
小《ちい》さな　声《こえ》で　いいました。
「ありがとうございますだっぱ」

もう　本当《ほんとう》に　むしゃくしゃします。でも　今日《きょう》は
だいじな　日《ひ》です。小助《こすけ》は　気《き》を　とりなおして、
家《いえ》を　でました。大助《だいすけ》も　もちろん　ついてきます。
ふたりは　ようかいたちの　家《いえ》を　一《いっ》けんずつ
あいさつにまわりました。
一日《いちにち》かけて、おてつだいをした　すべての　家《いえ》に
いきました。

おとしだま
おとしだま
お年玉
お年玉
お年玉
お年玉

夕方《ゆうがた》になりました。帰《かえ》り道《みち》、ふたりは
一休《ひとやす》みすることに　しました。
「さて。どれだけ　もらえたかな」
大助《だいすけ》が　いいました。ふたりは　まだ　お年玉《としだま》ぶくろを
ひとつも　あけていませんでした。
それぞれ　お金《かね》を　数《かぞ》えはじめました。
「やったー。八千《はっせん》ドロロンも　あるぞ」
大助《だいすけ》が　うれしそうな　顔《かお》で　小助《こすけ》を　見《み》ました。
ところが　小助《こすけ》は　お金《かね》を　にぎりしめたまま、

下《した》を　むいています。
そして、はき出《だ》すように
いいました。
「また、おれだけが
そんしてる」
そういうと、小助《こすけ》は
走《はし》りだしたのでした。

その夜《よる》は　まん月《げつ》でした。小助《こすけ》が　ひざを　かかえて
すわる　池《いけ》の　そこにも、月《つき》の　ひかりが
とどいています。

小助《こすけ》が　ようかいたちから　もらった　お年玉《としだま》は、ぜんぶで　四千《よんせん》ドロロロンでした。兄《にい》ちゃんの　半分《はんぶん》しかありません。

父《とう》ちゃんから　もらった　ぶんを　たしても六千《ろくせん》ドロロロンです。これでは　ゲーム機《き》は　買《か》えません。風《かぜ》の坊《ぼう》と　虎丸《とらまる》には　お正月《しょうがつ》になったら　ゲーム機《き》を買《か》うと　いってあります。

「どうしよう。はあ」

そのとき、ひとつの　かげが　すーっと
近《ちか》づいてくるのに　小助《こすけ》は　気《き》づきました。

小助《こすけ》は　あわてて　にげようとしました。
でも　かたを　おさえられてしまいました。

かげの　正体《しょうたい》は　大助《だいすけ》でした。
「おれに　かまうなよ」
小助《こすけ》は　大助《だいすけ》にも　頭《あたま》にきていました。小助《こすけ》が
思《おも》いついた　お年玉《としだま》だいさくせんなのに、大助《だいすけ》は　かってに
ついてきて　八千《はっせん》ドロロンも　もらったのです。
その　お金《かね》が　あれば、小助《こすけ》は　ゲーム機《き》を
買《か》えるのです。
「ちょっと　話《はなし》を　きけ」
「はあ？　たくさん　もらった　じまん話《ばなし》かよ」

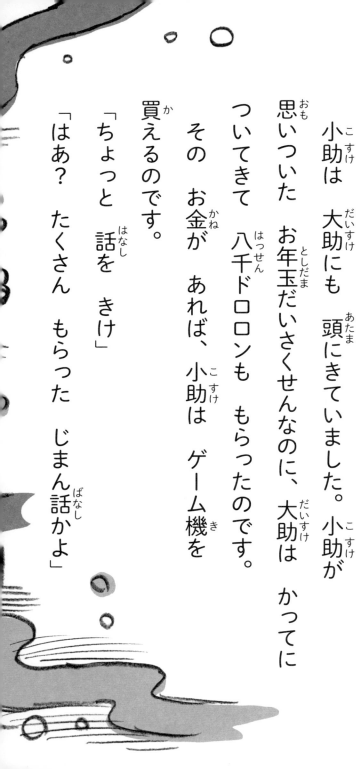

大助《だいすけ》を　にらみつけました。
大助《だいすけ》は　くびを　よこに　ふってから、かたから
さげていた　ふくろに　手《て》を　入《い》れました。
「これ、おまえに　やるよ」
それは　さっき　もらったばかりの　お年玉《としだま》でした。
ようかいの森《もり》の　お金《かね》は、水《みず》の　中《なか》でも　つかえるよう
できています。
小助《こすけ》は　びっくりして　大助《だいすけ》を　見《み》ました。
「なんで、兄《にい》ちゃん」

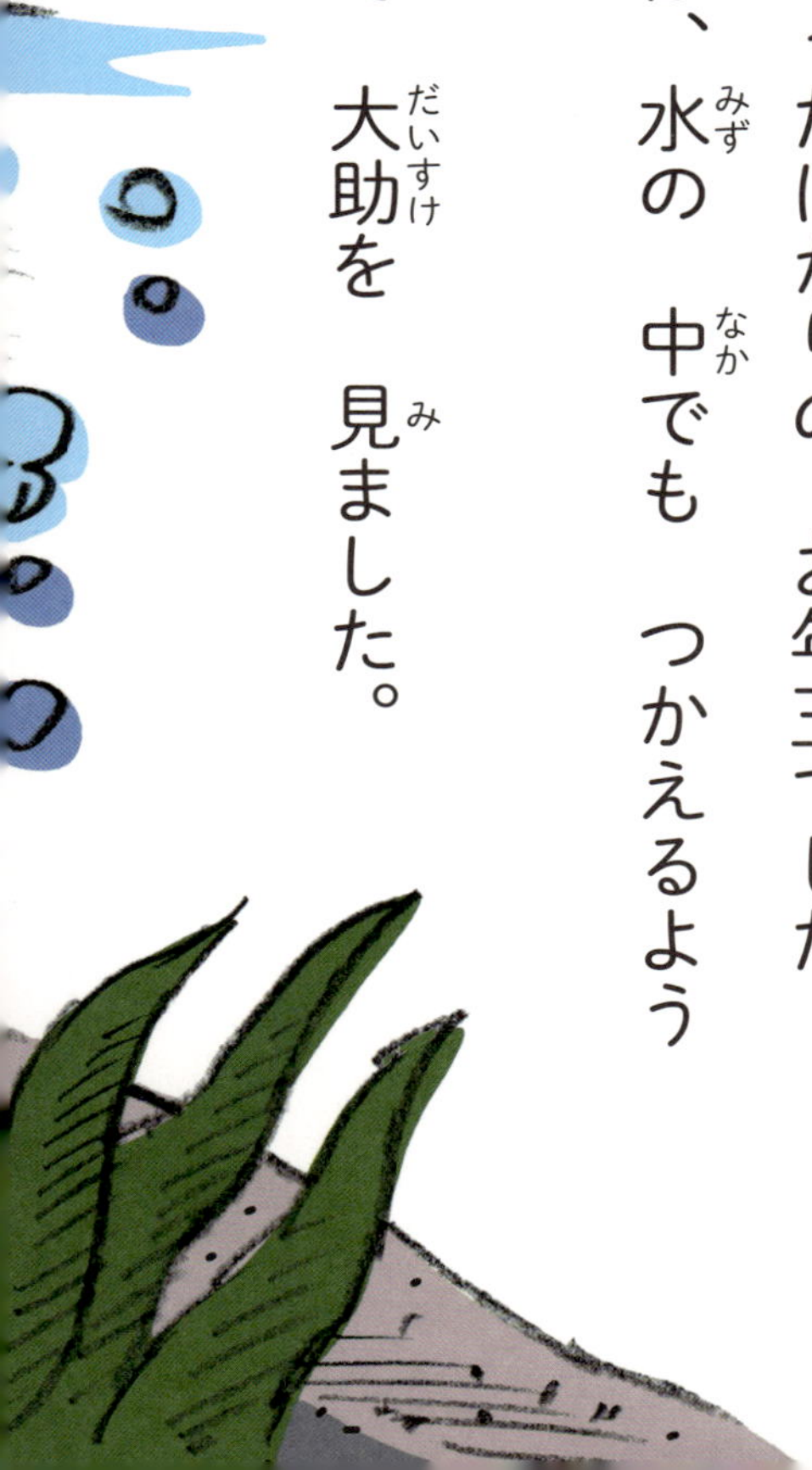

おとしだま

「おれ、さいしょから　きめてたんだ。森《もり》の　みんなから
もらう　お年玉《としだま》は　小助《こすけ》に　やるって」
「どうして」
「これで　ゲーム機《き》が　買《か》えるぞ」
大助《だいすけ》は　小助《こすけ》に　お金《かね》を　にぎらせました。
小助《こすけ》は　手《て》の　中《なか》の　お金《かね》を　見《み》ました。あれだけ
ほしかった　お金《かね》です。
　でも　ふしぎなことに、小助《こすけ》は　あまり
うれしくならなかったのでした。

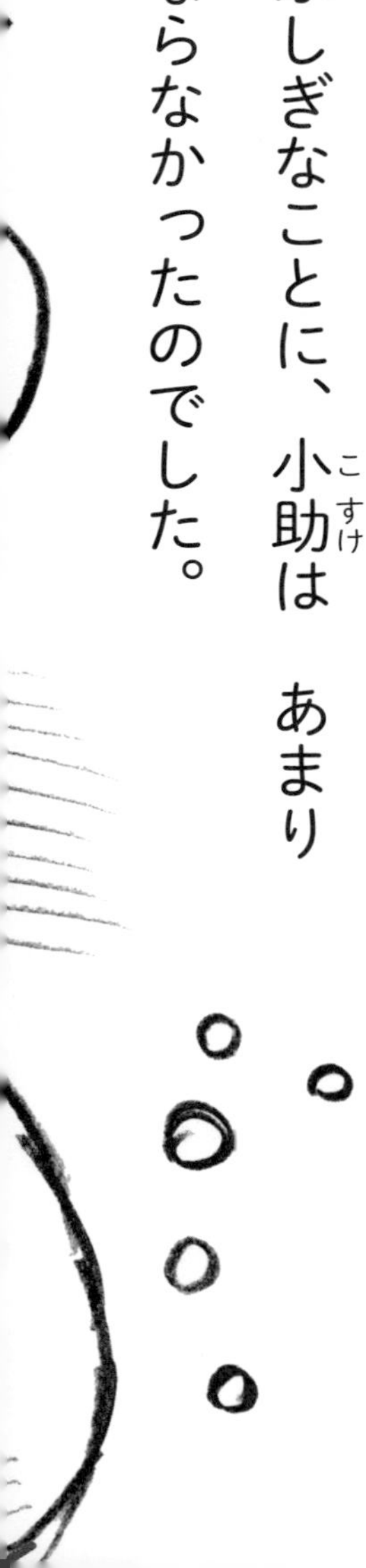

100

パソコンコーナー
さいしん ゲーミングPC

ゲームコーナー
コツコツ電気
大人気

冬休《ふゆやす》みが　おわりました。
ことしは　あたたかな　冬《ふゆ》ですが、　ここのところ
ようやく　冬本番《ふゆほんばん》になりました。
お正月《しょうがつ》の　三が日《さんにち》を　すぎてから、　気温《きおん》が　ぐっと
下《さ》がり、　雪《ゆき》も　たくさん　ふりました。
じゅぎょうが　おわると、　いつものように　小助《こすけ》は
風《かぜ》の坊《ぼう》と　虎丸《とらまる》と　いっしょに　校門《こうもん》を　でました。
三人《さんにん》は　雪《ゆき》の　道《みち》を　ざくっ、　ざくっと　歩《ある》きます。
ところが　楽《たの》しい　雪《ゆき》の　道《みち》のはずですが、　風《かぜ》の坊《ぼう》と

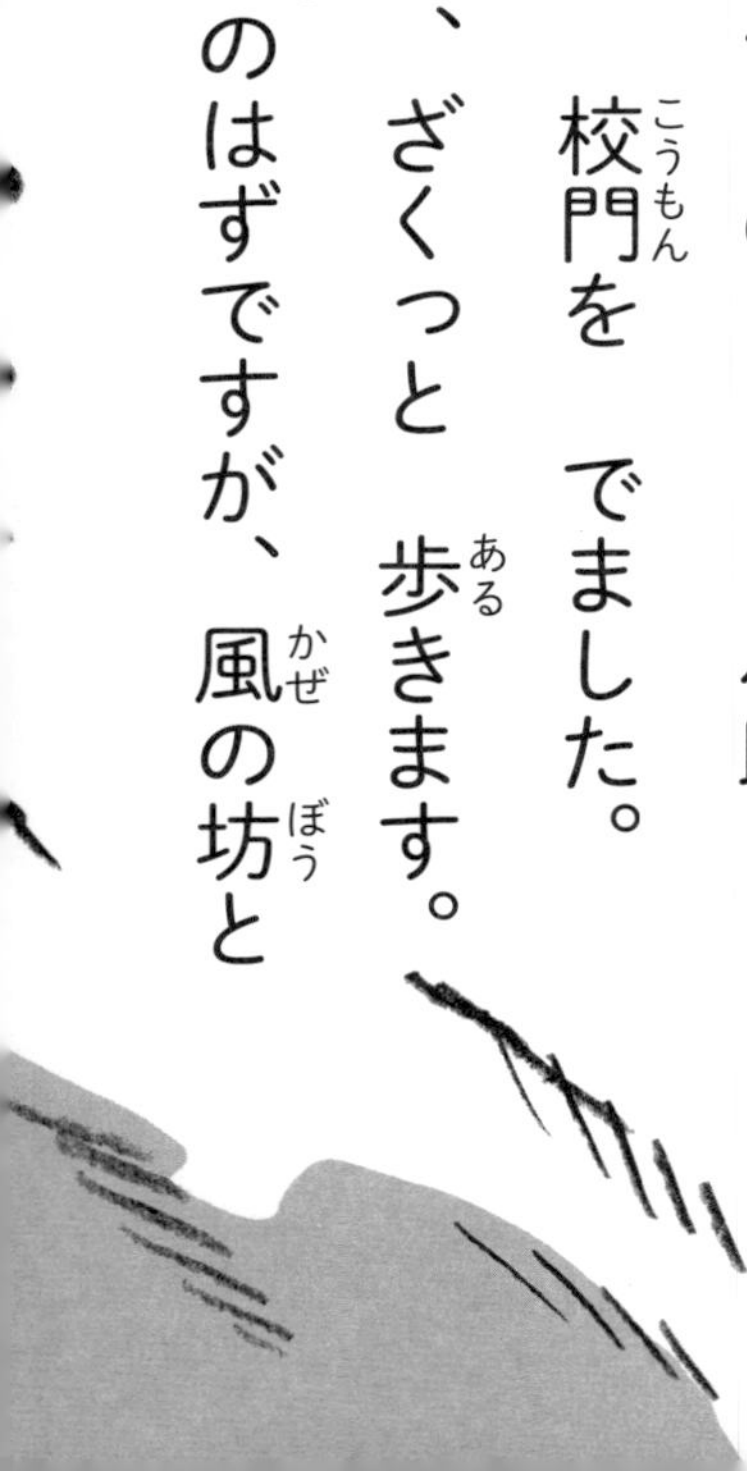

虎丸《とらまる》は　だまっています。

「なんか　元気《げんき》ないな、ふたりとも」

風《かぜ》の坊《ぼう》と　虎丸《とらまる》が　立《た》ち止《ど》まりました。

「ごめんなさい」

ふたりが　同時《どうじ》に　頭《あたま》を　下《さ》げました。

「どうしたんだっぱ。いきなり」

「あんな　いじわるを　いっちゃって。おれ、すもうに
まけてばかりで、つい」

虎丸《とらまる》です。

「おれたち、冬休《ふゆやす》みの　あいだ、ずーっと
気《き》になってたんだ」
風《かぜ》の坊《ぼう》です。
「ああ。そのことなら　だいじょうぶだっぱ。
おれ、べつに　気《き》にしてないから。それに　おれんち、
ゲーム機《き》は　ないけど、ゲームは　あるんだっぱ」
「それ、どういうこと？」
風《かぜ》の坊《ぼう》と　虎丸《とらまる》は　顔《かお》を　見合《みあ》わせました。

三人《さんにん》は　小助《こすけ》の　家《いえ》に　やってきました。小助《こすけ》は　ゲーム機《き》は　ないけど、家《いえ》には　ゲームが　あるなんて、ふしぎなことを　いいました。そのことを　風《かぜ》の坊《ぼう》と　虎丸《とらまる》は　たしかめに　きたのです。

小助《こすけ》が　戸《と》を　あけました。小助《こすけ》の　家《いえ》は　小《ちい》さな　ほっ立《た》て小屋《ごや》です。入《い》り口《ぐち》から　家《いえ》の　中《なか》が　すべて　見《み》わたせます。

さいしょに　虎丸《とらまる》が　声《こえ》を　あげました。

「すっげー」

「あれ、さいしんしきの　パソコンじゃないか」
風《かぜ》の坊《ぼう》が　パソコンに　走《はし》りよりました。
「そうか。ゲームって、パソコンの　ゲームのこと
だったんだ」
虎丸《とらまる》も　パソコンに　見入《みい》っています。
さて、ここまで　読《よ》んできた　みなさんなら、おかしな
ことに　気《き》づいたのではないでしょうか。小助《こすけ》は
大助《だいすけ》から　もらった　お金《かね》で、ゲーム機《き》を
買《か》うつもりだったはずです。

ところが、小助《こすけ》は　そうはしなかったのです。
ふたりは　お金《かね》を　出《だ》しあって、パソコンを
買《か》ったのでした。だから　この　さいしんしきの
パソコンは　小助《こすけ》の　ものでも　あるのです。

「いいな。おれにも　つかわせてくれる？」
「おれも　いい？」
風《かぜ》の坊《ぼう》と　虎丸《とらまる》が　後《うし》ろに　立《た》つ　小助《こすけ》を　見《み》あげて
いいました。

「もちろん、いいよ。でも　ゲームの　前《まえ》に
べつの　ことを　やらないか」

小助《こすけ》は　にやにやしながら　いいました。風《かぜ》の坊《ぼう》と
虎丸《とらまる》は　ふあんそうな　顔《かお》です。また　すもうを
とりたいと　いいだすんじゃないかと　思《おも》ったからです。

そとは　雪《ゆき》が　つもっています。

「池《いけ》が　こおったんだっぱ。こおりは　十分《じゅうぶん》に
あつさが　ある」

「もしかして、スケート？」

風《かぜ》の坊《ぼう》が　立《た》ち上《あ》がりました。
「うん」
「やったー」
虎丸《とらまる》も　立《た》ち上《あ》がると、
かた手《て》を　あげて、
ジャンプしました。
それから　三人《さんにん》は　家《いえ》を
いきおいよく
とびだしていきました。

南田幹太（なんだ・かんた）　作家
1963年、東京都に生まれる。法政大学経営学部卒業、米国セントマイケルズカレッジ大学院MSA修了。「白い手」で第14回北日本児童文学賞優秀賞、「十二歳のレジェンド」で第18回日本児童文学者協会・長編児童文学新人賞佳作を受賞。『ぼくの師匠はスーパーロボット』（佼成出版社）でデビュー。作品に、「十二歳のレジェンド」を加筆修正した『Surf Boys 伝説になった12歳の夏』（PHP研究所）、『ママがブタになった日』（講談社）、『どろろん ようかいの森 サンタクロースがやってきた！』（文研出版）がある。

広瀬克也（ひろせ・かつや）　画家
1955年、東京都に生まれる。セツ・モードセミナー研究科卒業。絵本作家、グラフィックデザイナー、イラストレーター。各地でワークショップも行う。絵本のデビュー作品は『おとうさんびっくり』（絵本館）。作品に、『妖怪横丁』『妖怪遊園地』『妖怪温泉』など妖怪シリーズや『ねこ おどる』『きょうりゅうどーん』（以上、絵本館）、『ピカッゴロゴロニャー！』、『ぼくのでんしゃでんしゃ！』（教育画劇）、『おおきなかべがあったとさ』（文溪堂）、『どろろん ようかいの森 サンタクロースがやってきた！』（文研出版）がある。

デザイン　株式会社アートグローブ

〈わくわくえどうわ〉　2024年12月30日　第1刷
どろろん ようかいの森 お年玉だいさくせん！
作　者　南田幹太　ISBN978-4-580-82682-3
画　家　広瀬克也　NDC 913　A 5 判　80P　22cm

発行者　佐藤諭史
発行所　文研出版　〒113-0023　東京都文京区向丘2丁目3番10号
〒543-0052　大阪市天王寺区大道4丁目3番25号
代表 (06)6779-1531　児童書お問い合わせ (03)3814-5187
https://www.shinko-keirin.co.jp/

印刷所／製本所　株式会社太洋社